月球
休閒樂園

編輯序

當孩子不愛讀書……

慈濟傳播人文志業出版部

親師座談會上，一位媽媽感嘆說：「我的孩子其實很聰明，就是不愛讀書，不知道該怎麼辦才好？」另一位媽媽立刻附和，「就是呀！明明玩遊戲時生龍活虎，一叫他讀書就兩眼無神，迷迷糊糊。」

「孩子不愛讀書」，似乎成為許多為人父母者心裡的痛，尤其看到孩子的學業成績落入末段班時，父母更是心急如焚，亟盼速速求得「能讓孩子愛讀書」的錦囊。

當然，讀書不只是為了狹隘的學業成績；而是因為，小朋友若是喜歡閱讀，可以從書本中接觸到更廣闊及多姿多采的世界。

問題是：家長該如何讓小朋友喜歡閱讀呢？

專家告訴我們：孩子最早的學習場所是「家庭」。家庭成員的一言一行，尤其是父母的觀念、態度和作為，就是孩子學習的典範，深深影響孩子的習慣和人格。

因此，當父母抱怨孩子不愛讀書時，是否想過——

「我愛讀書、常讀書嗎？」

「我的家庭有良好的讀書氣氛嗎？」

「我常陪孩子讀書、為孩子講故事嗎？」

雖然讀書是孩子自己的事，但是，要培養孩子的閱讀習慣，並不是將書丟給孩子就行。書沒有界限，大人首先要做好榜樣，陪伴孩子讀書，營造良好的讀書氛圍；而且必須先從他最喜歡的書開始閱讀，才能激發孩子的讀書興趣。

根據研究，最受小朋友喜愛的書，就是「故事書」。而且，孩子需要聽過一千個故事後，才能學會自己看書；換句話說，孩子在上學後才開始閱讀便已嫌遲。

美國前總統柯林頓和夫人希拉蕊，每天在孩子睡覺前，一定會輪流摟著孩子，為孩子讀故事，享受親子一起讀書的樂趣。他們說，他們從小就聽父母說故事、讀故事，那些故事不但有趣，而且很有意義；所以，他們從故事裡得到許多啟發。

希拉蕊更進而發起一項全國性的運動，呼籲全美的小兒科醫生，在給兒童的處方中，建議父母「每天為孩子讀故事」。為了孩子能夠健康、快樂成長，世界上許多國家領袖，也都熱中於「為孩子說故事」。

其實，自有人類語言產生後，就有「故事」流傳，述說著人類的經驗和歷史。

故事反映生活，提供無限的思考空間；對於生活經驗有限的小朋友而言，通過故事可以豐富他們的生活體驗。一則一則故事的累積就是生活智慧的累積，可以幫助孩子對生活經驗進行整理和反省。

透過他人及不同世界的故事，還可以幫助孩子瞭解自己、瞭解世界以及個人與世界之間的關係，更進一步去思索「我是誰」以及生命中各種事物的意義所在。

所以，有故事伴隨長大的孩子，想像力豐富，親子關係良好，比較懂得獨立思考，不易受外在環境的不良影響。

許許多多例證和科學研究，都肯定故事對於孩子的心智成長、語言發展和人際關係，具有既深且廣的正面影響。

為了讓現代的父母，在忙碌之餘，也能夠輕鬆與孩子們分享故事，我們特別編撰了「故事home」一系列有意義的小故事；其中有生活的真實故事，也有寓言故事；有感性，也有知性。預計每兩個月出版一本，希望孩子們能夠藉著聆聽父母的分享或自己閱讀，感受不同的生命經驗。

從現在開始，只要您堅持每天不管多忙，都要撥出十五分鐘，摟著孩子，為孩子讀一個故事，或是和孩子一起閱讀、一起討論，孩子就會不知不覺走入書的世界，探索書中的寶藏。

親愛的家長，孩子的成長不能等待；在孩子的生命成長歷程中，如果有某一階段，父母來不及參與，它將永遠留白，造成人生的些許遺憾——這決不是您所樂見的。

作者序

以趣味包裝智慧

◎王金選

小時候住在偏僻的鄉下，雖然沒有很多故事書可以看，但是，偶爾在報紙、雜誌裡，發現一篇漫畫或童話故事，就覺得很開心，往往看得陶醉、忘我；甚至會拿一疊那種包鴨蛋的馬糞紙袋，充當稿紙亂寫、亂畫，也感到很快樂。

後來知道學校的閱覽室有很多故事書，我就像是挖到寶藏一樣，幾乎下課時間都跑去欣賞「寶物」；什麼《顛倒歌》、《小紅和小綠》、

《汪小小》、《三花吃麵了》、《冒氣的元寶》、《梅村老公公》等，都非常有趣。故事書對我來說，簡直就是很棒的玩具。

五年級的時候，我「省吃儉用」地訂了一份叫《王子》的半月刊雜誌，並經常模仿或創作一些漫畫和故事。國一暑假，「獨資」創辦了一本「雜誌」；我利用各科作業簿剩下的空白頁，畫漫畫、寫故事、編笑話、寫打油詩、剪貼圖片、畫插圖，覺得充滿了樂趣與成就感。

長大後，我發現故事之所以會吸引人，是因為它的趣味性、幻想性和戲劇性。我在閱讀過程中，能盡情發揮想像力，知道一些常識、得到許多智慧和啟示，學會判斷是非善惡，並激發了想寫、想畫的動力，甚至持續了三十年，還一直想創造作品。因此，創作有趣的童話故事、兒歌、漫畫、插圖等，成了我現在的生活重心。

長久以來，總是「以趣味包裝智慧」、寓教於樂的理念來創作兒童文學作品；希望透過各種文字或圖畫的表現，傳達許多正面、積極、有意義的價值觀，讓小朋友成為懂事、善良、知道感恩、樂於助人，而且活潑、樂觀、有愛心與正義感的現代兒童。這本童話，就是在這種心情下完成的。

能出版這本書，特別要感謝當初提供版面刊登故事的《國語日報幼兒週刊》主編周慧珠小姐和林瑋小姐，是她們給我機會嘗試與學習的；還要感謝慈濟傳播文化志業基金會出版部的所有同仁，協助本書的整理與出版。

記得一九九九年九二一大地震時，家鄉新社也是災區；母親說，是慈濟的師兄姊首先抵達並送上食物的。在此，一併感恩慈濟功德會的大愛與奉獻，感恩他們對社會、對人間的付出和努力。但願，這本書的故事及「給小朋友的貼心話」，也能或多或少散播一點愛與關懷的種籽，讓世界充滿溫馨與和諧的氣氛，讓人間處處洋溢愛的花香！

這本書除了小朋友自行閱讀外，若能透過親子共讀、讀書會討論、布偶戲、舞台劇等多樣方式呈現，效果會更好；不僅可以學習語言，還可以增進親子、師生與同學間的感情，激發多元的創造力。

目錄

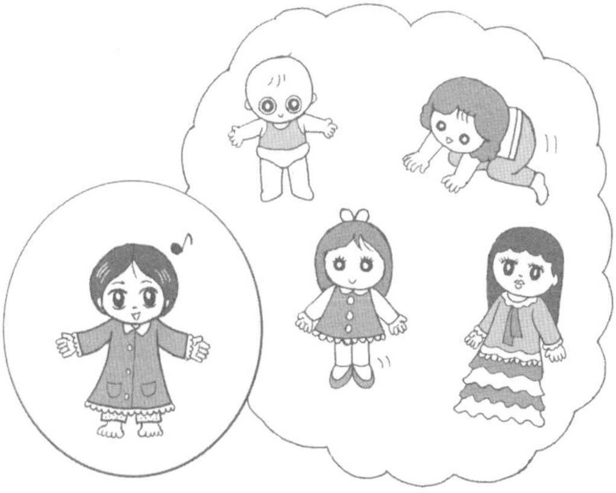

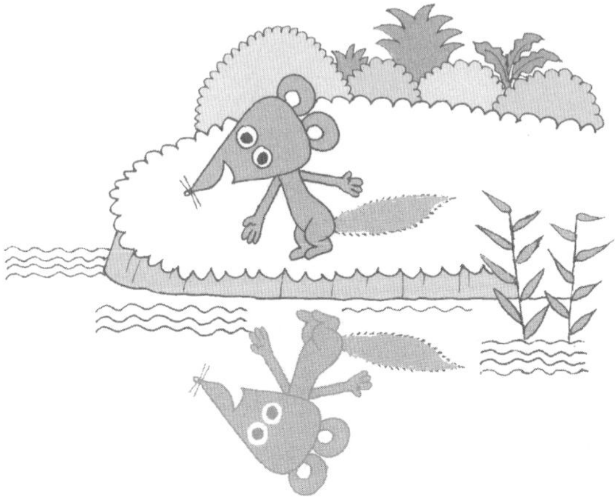

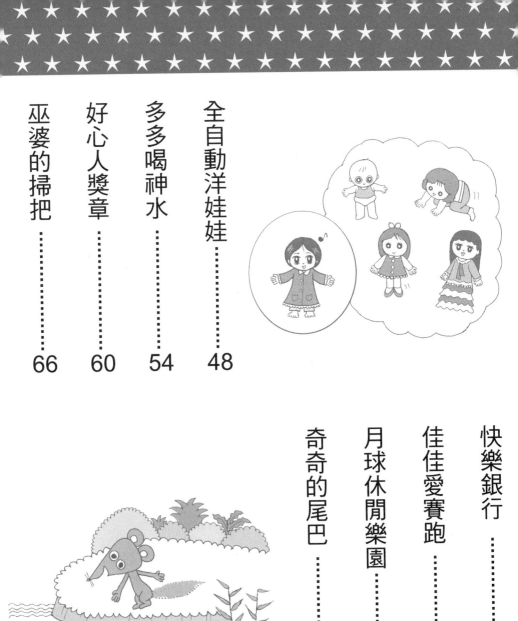

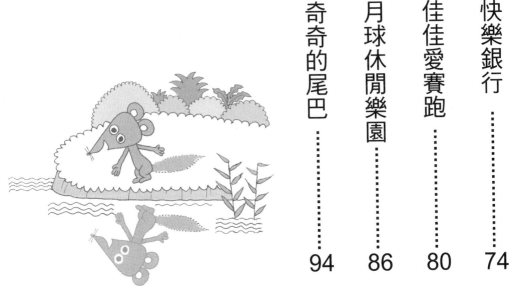

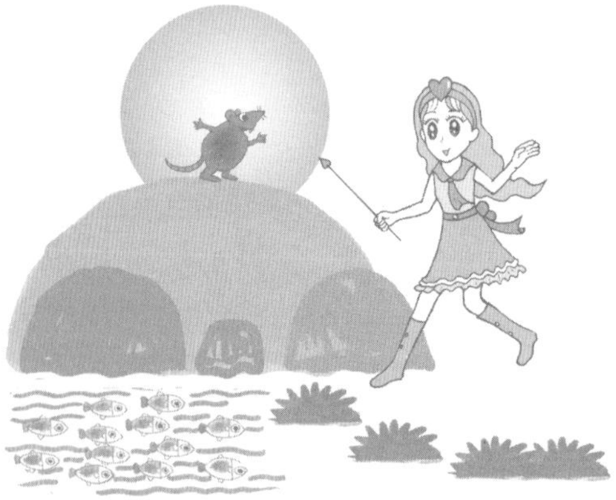

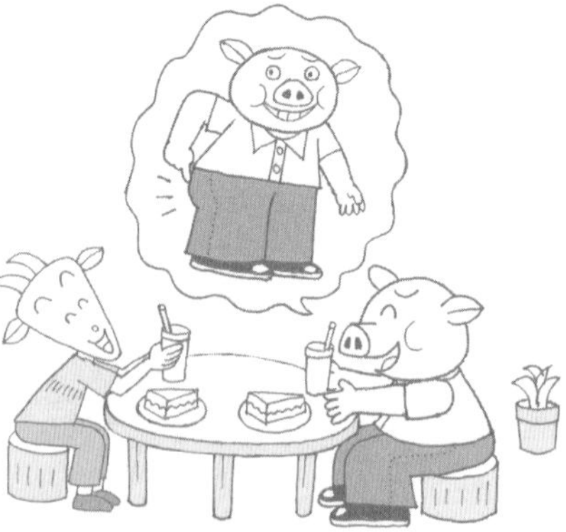

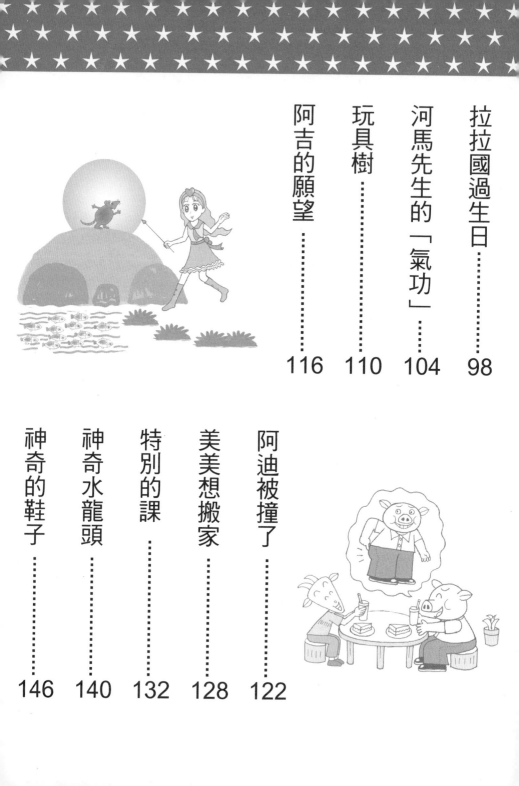

ㄐㄑㄒ動物園

小維坐在一輛「飛行遊覽車」上，心情非常愉快，因為今天爺爺要帶他到「ㄐㄑㄒ動物園」玩。這是他第一次到動物園。

在遊覽車上，小維一直看著窗外；窗口像電影的銀幕，

不斷地放映著「白雲變魔術」的畫面。白雲有時候變成綿羊，有時候變成兔子；有時變成白馬，有時變成小白鯊；有時還變成可怕的大怪獸。小維覺得很有趣。

很快地，「飛行遊覽車」就到了ㄐㄑㄒ動物園。小維和爺爺手牽手，走在人群中，一邊聽著導遊小姐的解說，一邊看著欄杆裡的動物。

「各位，前面樹林就是『猴園』，裡面有很多台灣獼猴呵。」導遊小姐指著樹林說。

「哇！好多猴子啊！」「好可愛呀！」遊客們的歡呼聲此

起彼落。

「咦？那隻猴子怎麼把尾巴舉高高的？」小維問爺爺。「那隻是猴王。」爺爺回答。

導遊小姐又說：「旁邊這個山洞裡，有幾隻黑熊。」遊客們一聽，都睜大了眼睛；從欄杆的空隙看過去，山洞裡果然有五六隻黑熊，在草地上走來走去，小維也看見了。

ㄐㄑㄒ動物園

大家跟著導遊小姐的後面走，一路上，還看到獅子、老虎、大象、斑馬、長頸鹿、羊、梅花鹿、塘鵝……，這些動物都是小維從來沒親眼看過的，他只在書上或圖片裡見過。

「噹！噹！噹！」動物園下班的鐘聲響起，導遊小姐說：「對不起，參觀時間已經結束，ㄐㄑㄒ動物園要打烊了。」

小維小聲地問爺爺：「爺爺，是不是那些羊不乖？不然，導遊阿姨怎麼說要『打羊』呢？」

爺爺笑著說：「『打烊』是指動物園要『暫時關門休息』的意思。」

「原來是這樣呵！」

小維邊走還邊看兩旁的動物，才發現所有的動物都不動了。「奇怪？怎麼動物都不動了？」

導遊小姐說：「時間一到，電池的電力用光，當然就不動

了呀！」

「電池？阿姨是說所有的動物，都是裝電池的？」小維問。

「是啊，只要晚上拆下來充電，明天就可以繼續動了。」

「啊？那麼，真正的動物呢？」

「好幾年前，有人要犀牛角，有人要象牙，有人要鹿皮，有人要熊掌，有人要老虎的骨頭，還有人要吃各種動物的肉，所以早就被捕殺光了。」

「好可怕呵！」小維心裡想。

黃昏時，小維在回家的路上，仍然靠著窗口看窗外，還是

看見許多好像各種動物的雲彩，只不過，這些動物都被染成紅色的。

無意間，他發現動物園門票上寫著：「ㄐㄑㄒ動物園裡的動物，都是『機』『器』做的『稀』有動物。」

給小朋友的貼心話

小朋友，動物是不是很可愛？你最喜歡什麼動物呢？請你把牠畫下來。

動物是人類的好朋友，你要如何保護牠們呢？

大水牛和白鷺鷥

阿灰是一隻灰色的大水牛，小莫是一隻小小的白鷺鷥，他們常常一起到溪邊散步、找東西吃。

阿灰低著頭吃青草時，如果看見了一些小昆蟲，就會趕快叫小莫來，因為那是

小莫愛吃的東西。

小莫在溪邊飛來飛去的時候，如果看見哪裡有新鮮的、嫩綠的青草，也會飛來告訴阿灰。

有一次，阿灰吃草的時候，眼睛不小心被旁邊的芒草弄傷了，走路非常不方便。

小莫便站在阿灰的背上幫忙「指揮交通」——「左邊有西瓜田，別過去！」「右邊有一棵大樹，小心！」「往前走，有一片青草地。」就這樣，小莫每天都來陪伴阿灰。

有一天早上，阿灰像平常一樣，在門口等小莫帶他出去；可是等了很久，都沒看見小莫。他心裡想：「奇怪？太陽都那麼高了，小莫怎麼還不來呢？」

一天過去了，阿灰還是沒等到小莫。他又想：「小莫會不會發生什麼事了？」

第二天，一隻白鴿子飛過來，阿灰還以為是小莫，差一點兒認錯了。鴿子對阿灰說：「你的朋友小莫，在前面的樹林裡被獵人的捕鳥網纏住，趕快去救他吧！」

阿灰跟著鴿子，跑！跑！跑！要

大水牛和白鷺鷥

到樹林裡，救出他的好朋友小莫。

當他們趕到捕鳥網那邊時，小莫和其他被纏住的小鳥們都不見了。鴿子說：「可能被獵人抓走了。」阿灰急得哭了起來，一直大聲地叫著小莫的名字：「莫——莫——莫——！」

阿灰的「牛友們」知

道了這件事，都主動幫忙阿灰找小莫，每隻牛都喊著：「莫——莫——！」

直到現在，所有的牛都還在找小莫，大家都喊著：「莫——莫——！」「莫——莫——！」

給小朋友的貼心話

大水牛和白鷺鷥是好朋友，他們經常互相幫忙對方。小朋友，你有沒有接受過別人幫忙，或是幫助別人的經驗呢？請你說說看。

大頭粉紅鴨

粉紅鴨的頭非常大，身上的羽毛都是粉紅色；他很會游泳，很會飛，也很聰明。

粉紅鴨有時候在天空飛來飛去，有時候在水裡游來游去，有時候也在地上走來走去，他要看看誰遇到困難了，需要他幫忙。

大頭粉紅鴨

黑母雞告訴粉紅鴨，她的雞蛋不見了；白鵝媽媽說，她的鵝蛋也被偷了；灰鴨太太說，她的鴨蛋也丟掉了。「奇怪？會是誰偷走這些蛋呢？」大家都在想小偷會是誰。

粉紅鴨想了一下，便請黑母雞去拿些泥沙來，請白鵝媽媽去撿些從山上滾下來的圓石頭，再請灰鴨太太去找些白色的石灰粉。

粉紅鴨將石灰粉沾點兒水，塗在圓石頭上，看起來像是一個白色的蛋；再將泥沙撒在蛋的旁邊。他說：「這樣，就可以引出小偷來。」

第二天早上，「假蛋」真的不見了。粉紅鴨站在泥沙旁，很仔細地看著地上，想了一會兒，就告訴大家：「快去找狐狸先生，是他把蛋偷走的！」

大家一聽，都趕快往狐狸先生的家跑；到達時，狐狸先生還在睡覺，他們便用樹藤把他綁起來。

狐狸先生驚慌地大聲說：「為什麼要把我綁起來？」

粉紅鴨說：「因為你偷了蛋。」

「偷蛋？有誰看見我在偷嗎？」狐狸問。

「沒有。」「沒有。」「我也沒有。」三位太太都沒親眼看到。

狐狸先生說：「你看，根本誰也沒有看見嘛！怎麼說是我偷的呢？」

「請你看看這個。」粉紅鴨帶著狐狸先生來到泥沙旁，對他說：「泥沙上面的腳印，你應該認得出來是誰的吧？」

「啊！我錯了！對不起！對不起！」看到粉紅鴨指出的證據，狐狸先生只好認錯，趕快把以前所有偷來的蛋還給大家。

黑母雞、白鵝媽媽和灰鴨太太，都很感謝粉紅鴨。黑母雞說：「其實，我早就懷疑是狐狸先生偷的；只是，不知道要怎麼樣讓他承認。」

粉紅鴨說：「這就是需要用頭……」「你是說……用頭去撞他嗎？」黑母雞接著說。

「不，我是說，要用『頭腦』。」聽了粉紅鴨的回答，大家都忍不住笑了起來。

給小朋友的貼心話

聰明的粉紅鴨遇到問題會動頭腦去解決。小朋友，如果你在生活上遇到了困難，你會怎麼處理呢？同學有困難時，你願意幫助他嗎？

偷東西是不對的行為，可不要學狐狸呵！

小灰貓和大老虎

小灰貓阿輝坐在客廳的沙發上，專心看電視裡的魔術表演。

變魔術的猴叔叔，把一塊大花布，變成一隻小白兔；又把一條絲瓜，變成一束花。「好厲害呵！」阿輝說。

他看完電視後，心裡想：
「假如我也會變，那一定很好玩。對了，不知道誰會變？」

阿輝在家門口遇到了大老虎，就問他：「虎大哥，你會不會變？」

「ㄅㄧㄢˋ？會呀！」虎大哥回答。

「真的嗎？太好了！能不能教我？」阿輝高興地說。

「這樣簡單的事，還要人家教嗎？」虎大哥覺得很奇怪。

「簡單的事？」阿輝心裡想：「會變，還說是簡單的事，虎大哥一定是個大魔術師！」於是，阿輝就對虎大哥說：「我就是不會嘛！你現在變給我看好不好？」

「現在ㄅㄧㄢˋ？不大好吧？」虎大哥有點不好意思地說：「通常，我都是每天早上固定時間到廁所裡『便』的，今天已經『便』過了。」

「到廁所？『便』過了？」阿輝忽然哈哈哈大笑起來。

虎大哥問：「你笑什麼呢？」

阿輝說：「我是問你會不會變——變魔術的『變』，你

說的卻是上廁所的『便』，哈哈哈！」

「嘿嘿嘿……」虎大哥也笑了。

阿輝說：「我想，是我講得不清楚吧？以後說話，應該說清楚一點兒比較好。」

虎大哥微笑地點點頭說：「阿輝，你變了！」

「我ㄅㄧˋㄢ了？ㄅㄧˋㄢ過

了呀！剛剛出門前，就到廁所裡ㄅㄧㄢˋ過了，我也是一天一次的。」

虎大哥說：「我不是說那個。我是說，你『變』得更懂事、更會為別人著想了。」

給小朋友的貼心話

和別人說話時，應該把話說清楚，否則對方可能聽不懂或誤會意思，那就不好了。

你能清楚地表達自己的想法嗎？平常與人相處，你會不會為別人著想呢？

牛郎和爸爸

有個放牛的孩子，大家都叫他「牛郎」；他常常牽著牛，到山坡上或溪邊散步、吃草。

牛郎的爸爸，在他們家後面的山上「上班」；他的「辦公室」只有一塊

地，沒有辦公桌、辦公椅，鋤頭就像他的筆。他是個農夫，他在那邊種作物。

牛郎牽著牛，慢慢地走啊走，他帶了一個饅頭，要到爸爸的「辦公室」，給爸爸當點心吃。

牛郎來到田埂邊，把牛綁在大樹下，對爸爸說：「爸爸，休息一下，吃個饅頭吧！」

牛郎的爸爸放下鋤頭，摘下斗笠，擦擦頭上的汗，走到田埂邊，說：「牛郎啊，你走來走去地放牛，很辛苦，饅頭你吃吧！」

「不不不，爸爸拿著又大又重的鋤頭，在太陽下工作，才

是辛苦，饅頭您吃吧！」

「不不不，你現在還小，要多吃東西才會長大呀！」

「不不不，爸爸工作很累，要多吃東西，才有力氣呀！」

「牛郎吃吧！」

「爸爸吃吧！」

「牛郎吃吧！」

「爸爸吃吧！」

牛郎和爸爸將饅頭推過來、推過去，兩個人都捨不得吃。

最後，爸爸只好說：「乾脆

一人一半好了。」牛郎點點頭。

於是，爸爸把饅頭掰成兩半，一人一半。

被綁在樹下的牛，一直睜著大眼睛看他們；忽然，牠甩甩尾巴，再把尾巴指向他們。

嘿！奇妙的事情發生了！牛郎和爸爸手上的半個饅

頭，竟然都變成完整的一個，而且比原來的大一倍。

他們又驚又喜，一起坐在大樹下，高興地吃著饅頭。

原來，那頭牛是神仙變的。神仙看到牛郎和爸爸都非常愛對方，心裡很感動，才住在牛郎家裡，來幫助他們。

後來，天上有個美麗的仙女知道了牛郎孝順的事，便透過「神仙牛」的介紹，嫁給了牛郎。她就是有名的「織女」。

給小朋友的貼心話

牛郎知道爸爸工作很辛苦，要把饅頭給爸爸吃，他是個懂事、孝順的孩子。

小朋友，你知道自己的爸爸在哪裡上班嗎？是什麼工作？辛不辛苦？你要怎麼孝順爸爸呢？

全自動洋娃娃

珍珍有個妹妹，今年才兩歲，什麼都不會。每次媽媽忙的時候，都要珍珍幫忙照顧一下；珍珍雖然嘴巴說好，心裡卻不高興。

珍珍常常在想：「像這個時候，同學們一定都在

全自動洋娃娃

玩各種遊戲，或是玩一些可愛的洋娃娃；哪像我，還要照顧妹妹。」

有一天，上課的時候，老師問大家：「誰家裡有洋娃娃？是怎麼樣的洋娃娃呢？」

小莉說：「我有一個洋娃娃，站著的時候，眼睛會睜開；躺著的時候，眼睛會閉起來。」

「好好玩呵！」珍珍心裡想。

小琪說：「我有一個洋娃娃，會喝水，也會噓噓，我都叫她『噓

噓娃娃』。」

「好有趣呵！」珍珍想著。

小萍說：「我有一個洋娃娃，只要轉一轉發條，她就會走路，而且還會邊唱歌呢！」

「好有意思呵！」珍珍想。

小玫說：「我有一個洋娃娃，雖然不會走路、唱歌，但是她會爬，爬來爬去很好玩。」

「好棒呵！」珍珍心裡這樣想。

聽完同學們說的洋娃娃後，珍珍一直想著家裡的妹妹。她忽然舉手，說：「我家也有一個娃娃，眼睛想睜開的時候就睜

全自動洋娃娃

開，想閉起來的時候就閉起來；她會喝水，也會喝牛奶；會噓噓，也會嗯嗯。」

「哇！好棒呵！」同學歡呼了一陣。珍珍接著說：「不只是這樣，她會哭、會笑、還會叫、會爬、也會翻跟頭。」

「哇！好有趣呵！」

「太棒了！」

「好好玩的洋娃娃呵！」

「是全自動的洋娃娃呢！」

「真希望我也有一個。」大家都羨慕地說著。

珍珍聽了覺得很高興，尤其是那個特別的名詞——「全自

動洋娃娃」。

現在，每當媽媽忙的時候，要珍珍照顧妹妹，珍珍不再不高興了；反而因為覺得自己有個「全自動洋娃娃」，感到很開心呢！

給小朋友的貼心話

珍珍因為有一個「全自動洋娃娃」，而感到開心。小朋友，你有沒有可愛的弟弟妹妹呢？你怎麼跟他們玩？怎麼照顧他們？別忘了，你小時候也是同樣地被疼愛及照顧長大的呵！

多多喝神水

太陽早就高高地掛在天空，小豬多多還躺在床上；他不是貪睡，而是感冒、發燒了。

多多的鄰居小山羊對他說：「你應該到山上找『神醫』老灰。」

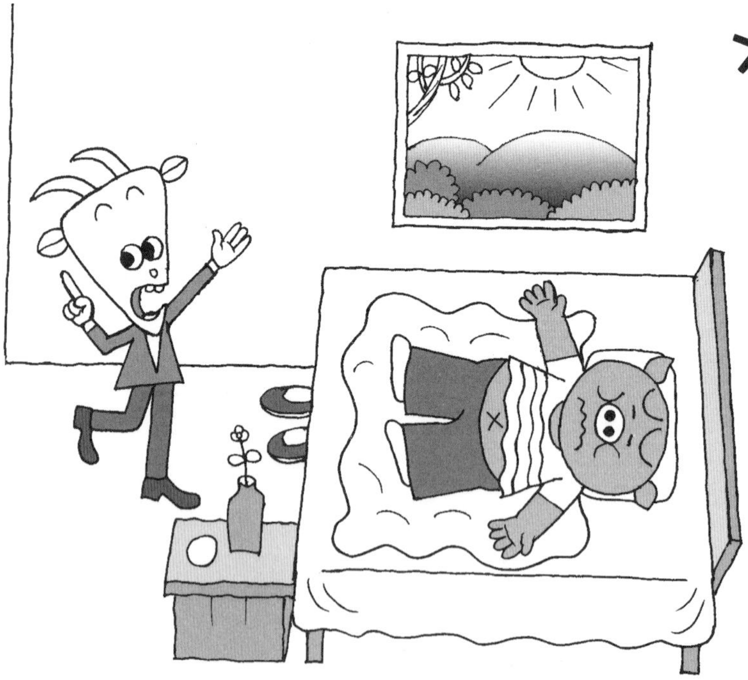

「神醫老灰？」

「是的，他的『神水』很厲害，專門治感冒的。」聽了小山羊的話，多多準備到山上找神醫。

他慢慢地走著，沒多久，就看見路邊的大石頭上面寫著：「老灰診所，專治感冒，請往

山上走。」

「從這裡沒錯。」多多沿著往山上的小路繼續走，走著走著、走著走著，他走得滿身都是汗。

多多走了很久，終於到了神醫住的地方——老灰診所。

醫生老灰先拿一條毛巾給多多擦汗，要他休息休息再說。

多多一邊休息，一邊看著窗外美麗的風景。

「請喝杯水吧！要慢慢喝呵！」醫生老灰端來一大杯白開水給多多。

「謝謝！」多多一口一口地慢慢把開水喝光了。

「現在覺得怎麼樣？」醫生老灰問。

多多喝神水

多多說：「嘿！感覺真的好多了耶！」多多心裡想：「這位『神醫』的『神水』果然有效！」

「哇！這麼有效的『神水』，一定不便宜吧？」多多問醫生。

醫生笑一笑，說：「哈哈，不用錢。」

多多慢慢走下山，還不

斷地回頭跟神醫揮揮手說謝謝；他看見，一顆像紅蘋果一樣的大太陽，正好停在「老灰診所」的屋頂上面呢！

給小朋友的貼心話

身體健康就是最大的財富。小朋友，你曾經感冒、發燒嗎？後來是怎麼好的？平常要多注意衛生、勤洗手、睡眠充足、營養均衡，加上適當的運動，才不容易生病呵！

好心人獎章

小猴子阿迪一早醒來，就看見窗外的樹上結了好多奇怪的水果，又紅、又大、又皺。「記得昨天還沒有呢？真是奇怪的水果，從來都沒有看過。」

阿迪對媽媽說：「媽媽，你看樹上結了好多奇怪的水果呵！」

好心人獎章

猴媽媽看了看，笑著說：「你先去洗洗臉再看清楚，那是彩球，不是水果。」

「今天是什麼日子呢？這麼多彩球？」阿迪問。

「今天我們村裡要舉行『好心人獎章』的頒獎典禮。」

「好心人獎章？」

「也就是好人好事代表。」

「是誰得到呢？」

「就是隔壁的小豬嘟嘟啊！」

「嘟嘟！他做了什麼？」

「聽說他在路上撿起了一個火柴盒和一片香蕉皮。」

「就這樣？我還以為是什麼了不起的事！」阿迪噘著嘴說。

「話不能這樣講。很多人看見，就是不願意彎腰去撿，萬一有人踩到香蕉皮，滑倒受傷怎麼辦？」媽媽說。

「而且，假如火柴盒被不懂事的小孩撿去玩，說不定會引起森林大火呢！」

「森林大火？好可怕呵！」

「怎麼樣，這樣算不算好人好事啊？」媽媽問。

阿迪點點頭說：「嗯！」

頒獎典禮的場所，就在阿迪家的門口，阿迪和媽媽也站在

好心人獎章

人群中。看到這麼多人，他說：「好熱鬧呵！」

當嘟嘟從山羊村長的手中接過「好心人獎章」時，大家都站起來鼓掌；阿迪望過去，看見了那個在木頭框裡有個愛心圖樣的「好心人獎章」。

他回頭問媽媽：「如果有人踩到香蕉皮滑倒，我扶他起來，算不算做好事？」

「當然算啊！」媽媽回答說。

「我準備在路上丟一些香蕉皮，看誰跌倒，再來做好事，就可以得到『好心人獎章』了。」阿迪得意地說。

媽媽急著說：「不行！不行！不能這樣！等一下媽媽再告訴你怎麼才算是做好事。」

「現在就告訴我嘛！」阿迪急著想知道。

媽媽說明之後，阿迪已經知道怎樣做好事了；現在，他每天早上都到公園幫忙撿垃圾哩！

給小朋友的貼心話

小朋友，你聽過「人生以服務為目的」這句話嗎？你做過哪些好事？或是計畫做什麼好事？

你知道「廚餘回收」嗎？想想看，香蕉皮是「一般垃圾」還是「廚餘」？

巫婆的掃把

阿國和阿棟，在公園的空地上玩紙飛機。白色的紙飛機，在天空飛來飛去，有時高，有時低，他們覺得很有趣。

巫婆的掃把

正玩得高興的時候，阿國看見有一個「東西」從天上「飛」了下來。他看清楚以後，大聲喊道：「是掃把！會飛的掃把！」

阿棟說：『會飛的掃把？那是巫婆的掃把！』

「一定是！太難得了，童話故事裡的巫婆掃把，竟然出現在我們面前。」阿國興奮地說。

掃把飛到公園的圍牆邊，阿國和阿棟趕快跑了過去；很多人聽到是「巫婆的掃把」，也都跟過去看。

「好特別的掃把呀！」「我第一次看到呢！」「它可以飛得很高吧？」大家你一言、我一語，都在談論著這支掃把。

但是，只有掃把，巫婆在哪裡呢？

「對呀，巫婆呢？」「跑到哪裡去了？」「會不會掉下來了？」「她會躲在什麼地方呢？」

阿國、阿棟和公園裡的人正在討論的時候，有一個戴著斗笠的老伯，匆匆忙忙地從人群中鑽了出來，大聲地說：「

巫婆的掃把

我的掃把終於找到了！」

「啊！巫婆出現了！」

阿棟說：「好奇怪的巫婆呀！」

「他是男的，應該是『巫伯』。」

「嗯，好奇怪的『巫伯』呀，還戴著斗笠呢！」

「大概是新型的帽子吧？反正上面也是尖尖的。」

阿國說：「請問一下，這是您的掃把嗎？」

「是啊！」

「您使用它時，都念什麼咒語？」

「什麼『座椅』？」

「我是說，讓掃把飛起來的咒語。」

那個老伯說：「我不會什麼咒語啊？」

「那您的掃把，為什麼會飛下來呢？」

「掃把飛下來？是因為剛才我在頂樓陽台曬魚乾時，忽然跑來一隻野貓；我順手拿起掃把揮了一下想趕走牠；但是，手不小心一滑，掃把就掉下來了。」

老伯看看大家，說：「沒打到人吧？」

「沒有。」

「幸好、幸好！」老伯鬆了一口氣。

阿國說：「原來是這樣啊！我們以為您是『巫伯』呢？」

巫婆的掃把

「嘿！我像嗎？」老伯笑著說：「不過，我姓吳，你們可以叫我吳伯伯。」

阿國對阿棟說：「原來，是『吳伯伯』的掃把，不是『巫伯』的掃把啦！」

給小朋友的貼心話

除了巫婆的掃把會飛以外，還有哪些東西也會飛呢？請你發揮一下想像力。

生活當中，有時會因為「不小心」而傷害了自己或別人，所以一定要「非常小心」。

快樂銀行

一大早，太陽先生伸出了長長的、金黃色的手臂，向「快樂森林」說早安；森林裡的動物們，一個個起床了。

馬路邊「快樂銀行」的紅色大門也慢慢地被打

開，就像銀行老板——羊伯伯慢慢地張開嘴巴打呵欠一樣。

根據羊伯伯的說法，「快樂銀行」不是讓人存錢的，也沒有保險箱出租放貴重的東西，而是讓人把一些有趣的、好玩的、快樂的事情存起來，想要的時候就可以領出來「聽」；最特別的就是——也可以領別人的。當然啦，一切都是免費的。

羊伯伯一打開門，就看見豬小妹、小烏龜、猴小弟、羊哥哥、小灰兔及馬先生站在門口。

「羊伯伯早！」

「大家早！」羊伯伯說：「又有快樂的事情要存嗎？」

「是啊！」他們說。

銀行的大廳裡有一個長長的櫃台，櫃台上坐著許多機器人，只要對著機器人說出想存進去的「快樂的事」就可以了。

豬小妹說：「我有一個溫暖的家，每天不愁吃、不愁穿，覺得很快樂。」

小烏龜說：「我不但能在陸地上走，還可以在水裡游，覺得很快樂。」

猴小弟說：「我不只會走路、游泳，還會爬樹，覺得很快

快樂銀行

樂。」

羊哥哥說：「當我在一大片綠色的草原上散步或吃草時，就覺得很快樂。」

小灰兔說：「我有很多很多好朋友，常常在一起玩，覺得非常快樂。」

馬先生說：「把一些有趣的事情存到『快樂銀行』，讓別人領出來聽，就是一件『快樂的事』。」

羊伯伯看見每天都有很多人到他的「快樂銀行」存一些快樂的事，他也覺得很快樂。

他總是說：「當你覺得不快樂時，到『快樂銀行』來，聽一些有趣的、好玩的、快樂的事，或許心情就會好一點兒。」

快樂森林裡有這麼一家「快樂銀行」，讓大家都很快樂，每個人的臉上都笑咪咪的；微笑的嘴巴，就像是一朵朵春天盛開的美麗花朵呢！

給小朋友的貼心話

每個人都希望天天過快樂的生活，到底什麼是「快樂」呢？小朋友，你有什麼快樂的事情嗎？請你說出來或寫下來和大家分享吧！

佳佳愛賽跑

小螃蟹佳佳喜歡跑步，常常在沙地上跑來跑去。他總是在心裡想著：「我一定是這附近最會跑的。」因為，他曾經和蝸牛、寄居蟹賽跑，兩次他都跑贏了。

佳佳愛賽跑

有一天，他在溪邊遇見了烏龜。佳佳說：「聽說上次你和兔子大哥賽跑，是你贏了。能不能和我比一比看誰跑得快？」

烏龜點點頭說：「可以呀！」

他們請鷺鷥阿姨當裁判。鷺鷥用她的尖嘴巴在地上畫了一條線，當做「起跑線」；等他們肩並肩站著，準備好的時候，鷺鷥就發口令：「預備——起！」兩個人同時

都衝了出去。

佳佳努力地跑啊跑啊，他一邊跑一邊想：「都沒看見烏龜大哥追上來……我就知道，這

一帶沒有人能跑得過我。」

「佳佳，你等一下！」佳佳聽見有人在後面這樣叫著。他想，賽跑就是要看誰比較「厲害」，怎麼可以等一下呢？他還是繼續往前跑。

「佳佳！佳佳！等一下嘛！」

「咦？這不是烏龜大哥的聲音，是鷺鷥阿姨的聲音哪！」

鷺鷥飛到佳佳的前面來，說：「你輸了！」

佳佳不敢相信地問：「我輸了？怎麼可能？到現在都還沒有看見烏龜大哥呢！」

鷺鷥慢慢地說：「那是因為——你跑錯方向了！」

「方向？」佳佳這下才想起，自己是橫著跑步的，一開始和烏龜大哥「肩並肩」站著就弄錯「方向」了。佳佳覺得好洩氣。

鷺鷥安慰他說：「沒關係，下次要注意，努力做『對』的事才有用呵！」

給小朋友的貼心話

「努力前進」是一種很棒的做事態度；只是，一開始所設定的目標，一定要正確。聰明的小朋友們，你有沒有定下了什麼利人利己的目標呢？如果行為偏差了，你要如何修正？

月球休閒樂園

小兔子瑞比趁著今年的暑假，和爸爸媽媽到「月球休閒樂園」度假，順便去

月球休閒樂園

找舅舅玩；舅舅就在休閒樂園的販賣部工作。

「月球休閒樂園」分成好幾個區：有「廣寒宮」，那是傳說中「嫦娥」住的地方；有「桂樹林」，種了很多桂花，到處充滿了桂花的清香。

「太空劇場」裡有飛碟宇宙傳、外星人模型、地球太空人照片等；還有「昆蟲館」、

「懷舊館、「玉兔搗藥店」……每一區都很好玩，瑞比玩得非常開心。他一直說：「好棒呵！好酷呵！實在太有趣了！」

他們走著走著，終於走到了園區的販賣部。

「舅舅！舅舅！」瑞比看見了舅舅，高興地跑過去。

「哈哈哈！你們終於來了。先休息一下，想要吃什麼儘管說，舅舅請客。」

瑞比和爸爸、媽媽都點了「仙藥月餅」和「桂花香茶」，這些是舅舅特別推薦的。

「嗯——好好吃呵！」瑞比吃完月餅後問舅舅：「這月餅裡面是包什麼呢？好好吃呵！而且還叫『仙藥月餅』哩！」

舅舅笑著說：「其實是包『山藥』啦！取名『仙藥』，是希望大家吃了之後，能像神仙一樣快樂。」

瑞比說：「就像是『變快樂的藥』。」

「答對了！」舅舅接著說：「快樂是一種感覺；只要常常想著一些快樂

的事，每天就會過得很快樂。」

瑞比又問：「那要怎麼想呢？又不是天天都可以度假。」

「你只要想到自己有一個甜蜜的家，有疼愛你的爸爸、媽媽、老師，又有那麼多的同學、好朋友，和那麼多的書籍、玩具，還有一個健康的身體等，就應該感到高興了。」

瑞比的爸媽在一旁不斷地微笑、點頭。

瑞比摸摸下巴，想一想後說：『說的也是。像前陣子有好多颱風來，害得很多人沒房子住、沒東西吃，真是可憐。』

舅舅說：「仔細想一想，我們還是很幸福的吧！」

「嗯！」

瑞比和爸爸、媽媽，坐在回地球的「旅行飛碟」裡，他們的包包裡，裝了很多很多的「仙藥月餅」禮盒。

瑞比說：「要把這些仙藥月餅送給老師、朋友和同學們，順便告訴他們有關『月球休閒樂園』的事。」

爸爸說：「他們拿到禮物時，一定也會很開心；把快樂的事情講給大家聽，也是一件快樂的事。」

媽媽說：「懂得『惜福』的人，就懂得快樂！」

瑞比說：「什麼？『洗衣服』也會快樂？」

「不是『洗衣服』，是『珍惜幸福』的『惜福』啦！」媽媽解釋。

『哈哈哈……嘻嘻嘻……』飛碟上的乘客聽到了他們的對話，都笑了起來，瑞比也跟著大家笑個不停哩！

給小朋友的貼心話

瑞比的媽媽說，懂得「惜福」的人就懂得快樂，你知道這是什麼意思嗎？

你曾經到哪裡旅遊呢？你會把快樂的旅遊過程和大家分享嗎？請把美麗的景點畫出來或寫下來吧！

奇奇的尾巴

小老鼠奇奇在屋子裡，吃著花生米。「一二三四五六七，一二三四五六七……」

鼠爸爸說：「今天的天氣真不錯，要不要出去走一走？」

奇奇只是搖搖頭。

奇奇問爸爸：「有一件事我不

明白。我們和松鼠都是『鼠』，又長得那麼像，為什麼大家都喜歡他們、討厭我們呢？」

「因為松鼠有一條大尾巴，我們沒有哇！」爸爸說。

奇奇心裡想：「只是因為尾巴比較大嗎？那麼，假如我也有一條大尾巴，一定也會有很多人喜歡我。」

奇奇就跑到溪邊，折了一枝蘆葦花，綁在尾巴上。他照照溪水，說：「還真像一隻小松鼠。」

奇奇爬到樹上，學松鼠的樣子跳來跳去。

「松鼠——你們看！」「哇！真的是松鼠！」「好可愛呵！」一群小朋友在樹下對著他喊。奇奇好快樂呵！

當奇奇要從這一棵樹跳到另一棵樹時，一不小心摔了下來，撞到屁股，「尾巴」就掉了。

「哎呀，是老鼠！」「老鼠常常偷吃我家的花生米！」「老鼠把我的書都咬碎了！」「討厭的老鼠！」奇奇聽見小朋友說的話以後，匆匆忙忙地逃走了。

他現在已經知道，大家這麼討厭他，並不是因為他沒有大尾巴。

給小朋友的貼心話

一個人受不受歡迎，並不是靠「外表」的打扮而已，他的「行為」更重要。小朋友，你認為要讓別人喜歡自己，需要具備哪些條件呢？

拉拉國過生日

拉拉國的新國王坐在皇宮庭院的椅子上，他嘆了一口氣：「唉！這個月的十日又是國慶日了，怎麼辦？」

一個部下說：「國王，國家的生日應該是

一件高興的事，您怎麼會煩惱呢？」

「你看看這個。」國王從口袋裡拿出一封信。上面寫著：

「親愛的國王，您好：每年國慶日放煙火，雖然很漂亮、很好看，但是，『碰』幾聲就浪費掉了好幾百萬，我們覺得好可惜呵！是不是可以改用別的方式慶祝呢？」

部下看完信，說：「這封信說得很有道理。」

「是啊！但是以往都是這樣，不放煙火，感覺就不像國慶日了。」

國王又說：「國家的生日，應該讓大家都高興才對呀！你們幫忙想一想，有沒有好的方法可以解決。」

有一個部下說：「皇宮前的遊行，是不是可以改為到郊外散步或爬山？」國王點點頭。

有一個部下說：「兒童樂園、美術館、博物館、電影院、音樂廳等地方，是不是可以免費開放一天？」國王也點點頭。

另一個部下說：「皇宮大門上的看板，是不是可以少掛一些，把省下來的經費印圖畫

書，每人發一本？」國王又點點頭。

還有一個部下說：「我建議製造一種煙火，不再是『碰』一聲就不見的東西，它會掉下來各式各樣、各種顏色的糖果。」

大家聽了都拍手說：「這個好耶！」國王也微笑地點點頭。

國慶日那天，拉拉國到處插滿了國旗，一切慶祝活動都按照

新的方式，大家都高興得不得了。尤其是全國的小朋友，他們可以免費到兒童樂園玩，免費得到很多很多的糖果，免費拿到一本圖畫書，還可以和家人去郊遊。

國王快樂地坐在皇宮庭院的椅子上，他聽見到處充滿了歡笑聲。

他對旁邊的部下說：「這樣才像個快樂的國慶日。」

一個部下說：「而且，花費得更少呢！」

「是啊、是啊！哈哈哈！」

給小朋友的貼心話

小朋友，你知道生日又叫「謝母日」嗎？那是要「感謝母親的日子」，別忘了謝謝媽媽呵！

當你過生日時，請想一想更節省、更開心、更有意義的活動吧！祝你生日快樂！

河馬先生的氣功

河馬先生有個好習慣，就是喜歡保持身體的乾淨；所以，他便常常跑到河裡洗澡。他說：「半天不洗澡，我一定受不了！」

河馬先生也有一個壞習慣，就是不喜歡刷牙。他說

河馬先生的氣功

：「反正天天都要吃東西，刷了還是會再髒兮兮。」

髒兮兮的牙齒，堆滿了菜渣和汙垢；所以，河馬先生一張開大嘴就非常臭，大家都趕快躲到大樹的背後。

河馬先生不知道，他打呵欠時會「哈」出怪味道，只是覺得奇怪：「為什麼最近大家跟他聊天時，都要戴口罩？」

有一次，河馬先生又打了一個很

大的呵欠，他的好朋友山羊、小豬和灰兔，都退後了十幾步，還撞到一棵樹。

河馬先生想不通，還以為自己有什麼「氣功」；他想：「這好像是一種『嘴巴吹出去的小颱風』。」不管是「氣功」或「小颱風」，都把朋友吹得東躲西藏。

山羊拿來好多還沒吹的氣球，對河馬先生說：「有很多蚊子飛進我家的客廳和廚房；能不能請你幫個忙，讓蚊子全部跑光光？」

河馬先生說：「好是好，可是要怎樣才能把蚊子趕跑？」

「只要你把這些氣球吹大，我帶回去之後弄破它，裡面的臭氣自然會把蚊子趕出我的家。」

「臭氣？」河馬先生問。

「是啊！」

「你是說，我的嘴巴有臭氣，可以趕跑蚊子？」

「嗯！連你的朋友也都被臭氣趕跑了。」

山羊終於說出大家不敢說的話。

河馬先生不但沒有生氣，反而說：「我以為只要我高興，不刷牙也沒有關係，沒想到還會不受歡迎；難怪我的朋友愈來愈少。」

河馬先生現在又多了一個好習慣，那就是……。不必說，你一定也知道。

給小朋友的貼心話

保持身體的乾淨，的確是個好習慣。你有這個好習慣嗎？還有哪些好習慣呢？

壞習慣往往在不知不覺中傷害了自己和別人；趕快努力改掉自己的壞習慣吧！

玩具樹

小黑豬和小白猴，都聽說羊伯伯家有一棵很特別的樹——「玩具樹」；兩個人相約要一起去看看。

一路上，小黑豬提出很多問題：「玩具樹

是樹上會長出玩具來嗎？」「它是怎麼種的？」「會不會長出遙控飛機，或是玩具機器人呢？」

小白猴都回答說：「誰知道！」

走著走著，他們來到了羊伯伯的家。休息一會兒後，羊伯伯就帶他們到後院，看看那一棵「神祕的玩具樹」。

「哇！」小黑豬和小白猴幾乎同時叫了起來，因為他們看見滿樹的玩具，有汽車模型、布偶、洋娃娃、電動玩具、迴力車、拼圖、積木和音樂盒等，好多好多呵！

小黑豬說：「這棵樹長了好多玩具呢！」

「不是『長』，而是『綁』了好多玩具。你看，那邊有線呵。」羊伯伯指著一個玩具上的線。

「原來是這樣啊！」小黑豬恍然大悟。

「羊伯伯，這些玩具花了您不少錢吧？」小白猴問羊伯伯。

「不，不用花錢。」羊伯伯竟然這樣回答。

「怎麼可能？難道真的是從樹上長出來的嗎？」他們覺得

好驚訝。

「呵呵！當然不是。這些玩具都是附近的小朋友玩膩了或不要的東西。」

「不要的東西？」

「是啊，有的只是有點兒舊，有的只是有點兒髒，丟掉了多可惜！我把它們收集起來整理及清洗以後，就綁在樹上晾乾。」

小黑豬問：「還可以玩嗎？」

「當然可以嘍！每個星期天，都有很多小朋友來玩呢！但是，要來這裡的小朋友，必須帶一個玩具來和大家交換。」

小白猴說：「好有意思呵！我要趕快回家整理舊玩具。」

小黑豬說：「我也要！」

給小朋友的貼心話

「玩具樹」是一種「環保」和「分享」的概念。小朋友，如果你玩膩或不想要的玩具，還可以怎麼利用呢？有沒有不必花錢的玩具？你會製作嗎？故事書算不算玩具呢？

阿吉的願望

小老鼠阿吉沒有朋友，他要到山上找仙女；因為他聽說：只要是個乖孩子，就可以向仙女要三個願望。其實，他唯一的願望，就是能交到一些好朋友。

「仙女呀仙女，請你給我三個願望吧！」阿吉請求仙女。

仙女翻開她的「神仙記事簿」，知道阿吉其實不壞，也改掉了愛發脾氣的壞習慣，就說：「好吧！」她用仙女棒在阿吉的頭上點了一下，說：「可以了！」

「謝謝仙女！謝謝仙女！」

阿吉向仙女說謝謝後，高興地離開了。

在回家路上，阿吉看見一群青蛙在池塘邊唱歌。他走過去要向他們打招呼，沒想到，青蛙們一看見阿吉，就跳進水裡游走

了。

阿吉不會游泳，只好站在池塘邊說：「真希望我的腳能像青蛙一樣，能長出蹼來游泳。」

說也奇怪，阿吉一說完，他的腳真的變大了一些，而且也長出蹼來。

有了蹼的阿吉會游泳了。他開始在水裡游來游去；可是，他還是很孤單。

阿吉看見幾條小魚在前面玩遊戲，便游過去要向他們打招呼；小魚們一看見阿吉，也很快地游走了。

「你們別走！等等我呀！」阿吉雖然會游泳，可是尾巴太

細游不快，追不上小魚們。

他又說：「要是我的尾巴大一點兒就好了。」

阿吉說完，尾巴果然慢慢變大了。可是，小魚們早就不知道游到哪裡去了。

阿吉游著游著，又聽見一群鴨子在唱歌：「嘎嘎嘎！嘎嘎嘎！」

他游過去要和他們一起唱。阿吉把頭伸出水面，唱著：「吱吱吱！吱吱吱！」

一隻鴨子對阿吉說：「你到底是

誰呀？請不要唱出怪聲音，你的頭和我們根本不一樣。」

阿吉覺得有點兒不好意思。他心裡想：「真希望我的頭長得跟他們一樣，並且有個大大、扁扁的嘴巴。」

阿吉心裡才想完，他的頭忽然慢慢長大，嘴巴也變成像鴨子一樣。

「咦？我真的變成鴨子的頭了。」

鴨子們看到阿吉奇怪的模樣，反而都嚇得上岸逃走了。

阿吉現在的樣子，簡直像是一隻「鴨嘴獸」，住在附近的動物都不敢靠近他。

他後悔地想：早知道，就不要隨便使用這三個願望。

給小朋友的貼心話

我們曾經做過的事，會不會都被記在「神仙記事簿」裡呢？

如果你有三個願望，想要實現什麼？

和別人「一樣」，就會交到朋友嗎？你會怎麼選擇朋友呢？

怎麼做才能和他們成為好朋友？

阿迪的屁股被撞了

一大早，小豬阿迪穿好了襯衫、皮鞋，正準備出門上學。當他走到門口，轉身要關上大門時，一隻山羊從旁邊衝了過來。

「哎喲！」阿迪的屁股正好被山羊不小心撞到了，他忍不住大叫：「好痛呵！」

山羊急忙說：「對不起！對不起！我不是故意的。」

「哼！如果把我撞倒，頭撞破了或手腳斷了怎麼辦？下次我也要『不小心』把你撞倒！」

阿迪出門後，心裡一直想：「剛才我這麼凶，不知道山羊會不會來找我『算帳』？也許，他會來跟我打架也說不定。」

阿迪放學回來，就一直站在窗戶邊，他擔心隔壁的山羊，是不是要來「對付」他了。

阿迪看見山羊買了很多雞蛋回去。他說：「我就知道，他一定是要用雞蛋丟我，讓我全身黏答答的。」

阿迪又看見山羊買了一些麵粉和糖回去。他又想：「他一定是要用麵粉把我的襯衫、皮鞋弄髒，還要用糖丟我，讓我全身癢癢的。」

「叮咚！叮咚！」阿迪聽到有人按門鈴的聲音，心想：「來了，山羊終於來了。哼！誰怕誰！我跟你拚了！」

阿迪一打開門，看見山羊端著一盤蛋糕，以為山羊要用蛋糕砸他。他嚇了一跳，心裡

想：「萬一被蛋糕沾到，身上一定會髒兮兮的。」

沒想到，山羊竟然說：「阿迪，早上真是對不起，因為我急著出去，撞到你了，真是抱歉！這是我親自做的蛋糕，請你吃吃

看。」

阿迪聽了覺得有點兒不好意思，臉紅紅地笑著說：「哪裡！哪裡！只是輕輕碰一下，沒有什麼，反而是我罵得太凶了。而且，可能是我大屁股，才會擋到路。」

山羊聽了哈哈大笑起來，他覺得阿迪很可愛。

阿迪請山羊進去聊一聊。兩個人有說有笑，還一起吃蛋糕、喝果汁呢！

給小朋友的貼心話

山羊親自做了蛋糕請阿迪吃，表示他的歉意。如果你不小心撞到別人，你會怎麼做呢？對於別人無心的過錯，你願意原諒他嗎？

美美想搬家

小山羊美美住在一個很漂亮的森林裡，森林有很多樹木和美麗的花，也有一大片綠綠的青草地，還住了很多其他的動物。

可是，美美有好幾次都想搬家，原因是：她覺得森林實在太吵了！

每天，她總是聽到各種嘈雜的聲

音：公雞喔喔喔的叫聲、麻雀吱吱吱的叫聲、小豬咿咿咿的叫聲、黑狗汪汪汪的叫聲、黃牛哞哞哞的叫聲、灰馬扣扣扣的跑步聲……「吵死了！吵死了！」美美總是這樣喊著。

有一天，美美到附近的「大安森林」走走，正好遇到「大安森林」在舉行「康樂大會」。

「下面這個節目，是鸚鵡先生的口技表演。」

主持人介紹後，美美專心地聽著鸚鵡先生模仿的各種聲音：「喔喔喔」，

是公雞的叫聲；「吱吱吱」，是麻雀的叫聲；「咿咿咿」，是小豬的叫聲；「汪汪汪」，是黑狗的叫聲；「哞哞哞」，是黃牛的叫聲；「扣扣扣」，是灰馬的跑步聲。

「太精采了！太精采了！」美美和觀眾們大聲喊著。

美美回到自己住的森林以後，又聽到平常那些嘈雜的聲音。「咦？這不是鸚鵡先生剛才模仿的聲音嗎？」

現在，美美不想搬家了；因為，她每天都覺得有一隻鸚鵡在她的窗口，做精采又有趣的「口技表演」呢！

給小朋友的貼心話

你聽過「想像力就是你的超能力」這句話嗎？當你覺得心情不好時，可以換個角度想想看，或許就不會那麼難過了。

你也可以學幾種口技，會很有趣呵！

特別的課

（這是公元二〇三〇年的故事）

「噹—噹—噹……」「月球國小」早自習的鐘聲響了，坐著「公共飛碟」的小灰貓，很快地從地球飛到月球，急忙地進到教室坐好。

「咦？叮噹兔呢？」小灰貓看見隔壁叮噹兔的座位還是空著的，他已經連續好幾天沒來學校上課了。

「他到底發生了什麼事？」小灰貓擔心著。

上課的時候，山羊老師說：「叮噹兔住的地方前一陣子又有颱風，並且下起大雨，造成土石流，很多人的房子都被沖毀了。」

「好可憐啊！」同學們說。

「幸好叮噹兔他們跑得快，才逃過這次的災難，現在他們正在重建家園中。不過，叮噹兔因為在逃難的時候摔傷了腿，大概下星期才能來上學。」山羊老師說。

「乾脆我們假日時去看叮噹兔。」小灰貓這麼建議。

「好耶！好耶！」同學們都舉雙手贊成。

「我看不用等到假日，第三、四節課是社會和體育課，我們就去叮噹兔家吧！」老師說。

第二節下課的時候，老師向校長說明、報備，小灰貓他們全班便坐了一部校車，直接開往月球「水里區」的叮噹兔家。

校車是一部「飛天霹靂車」，可以當火箭，也可以當遊艇。

很快地，他們就看到叮噹兔殘破的家——廚房和房間都不見了，客廳也堆滿了大大小小的石頭，到處充滿了爛泥巴；一家人正在清理，連受傷的叮噹兔也在幫忙。

「這哪像個家呀！」小灰貓還是第一次親眼看到災區的房子。

山羊老師說：「大家一起來幫忙吧！」同學們都捲起袖子幫忙搬石頭。

「嘿咻！嘿咻！加油！加油！」小灰貓搬起一個小石頭時覺得好輕好輕；他又搬了一個較大的石頭，還是覺得輕輕的。

「奇怪？我現在是在作夢嗎？」小灰貓捏了一下旁邊皮皮猴的手臂，「哇！好痛呵！」阿良叫著。

「會痛嗎？太好了！」小灰貓說。

「你說的是什麼話？捏人會痛，還說什麼太好了！」

「對不起！對不起！我能搬得動這顆大石頭，真是太神奇了，以為是在『作夢』呢！」小灰貓趕緊解釋。

「那也不用捏人啊！」

「對不起！真的非常抱歉！」小灰貓接著說：「既然這不是作夢，一定是我們的『愛心』感動了天神，讓我們擁有神奇的力量！」

皮皮猴說：「我看你是『神話』或『童話』故事看太多了啦！哪有什麼神奇的力量！」

「難道不是嗎？」小灰貓問。

「告訴你吧，月球上的『引力』是地球的六分之一；所以，你在地球上可以拿一公斤，在月球上就可以拿六公斤的東西。」

「原來是『引力』不同的關係。」小灰貓這才恍然大悟。

快中午的時候，叮噹兔的家也整理得差不多了，叮噹兔和他的家人一直向老師和同學們說謝謝。

小灰貓他們雖然全身都弄得髒兮兮，但是大家心裡都很開心。

小灰貓對叮噹兔說：「希望你們家以後都能平安，你的腿也快點好。」

叮噹兔感動得一直點頭說：「謝謝大家，謝謝大家……」

校車開回「月球國小」的路上，小灰貓心裡想：「這真是特別的社會課和體育課呀！」

給小朋友的貼心話

不管是在教室或是校外上課，都是一種很好的學習。小朋友，你曾經到過哪裡戶外教學、上過特別的課呢？如果有同學的家發生災變，你要如何幫忙呢？

神奇水龍頭

猴哥哥和猴弟弟在巷口開了一家果汁店，賣著木瓜汁、西瓜汁、芭樂汁等各種果汁；但是，來喝果汁的人總是不多。

有一天傍晚，猴弟弟一邊洗著杯子，一邊說：「客人怎

麼那麼少？今天一整天，才來了三隻小花貓。」

「哎！真的是小貓兩三隻。」猴哥哥說。忽然，他看到牆壁上的水龍頭，靈機一動，大聲地對弟弟說：「嘿！我有好辦法了！」

猴哥哥去買了一個水龍頭、一段水管、一個漏斗和一塊木板，猴弟弟去準備鐵鎚和鐵釘，兩個人開始又搬又掃、又敲又打的，要做一個「神奇的水龍頭」。

第二天，他們在門口貼了一張大海報，上面寫著：「神奇水龍頭——只要對著神奇水龍頭，大聲喊三次你想要的果汁，就會自動流出來。每杯一百元！」

豬小弟看見這個海報，走進去想試試看。

「木瓜汁！木瓜汁！木瓜汁！」說也奇怪，豬小弟喊完以後，木瓜汁果然從水龍頭流出來。

小白兔也想試試。他說：「紅蘿蔔汁！紅蘿蔔汁！紅蘿蔔汁！」水龍頭裡流出來的，真的變成紅蘿蔔汁。

「這真是個『神

奇水龍頭』啊！」豬小弟和小白兔都這麼說。

這個神奇消息傳出去以後，店裡的客人每天都非常多，甚至要排隊一兩個小時才喝得到，大家也都願意等；因為，每個人都想來喝「神奇水龍頭」的果汁。

猴弟弟每天都笑咪咪

地數著鈔票，猴哥哥……咦？猴哥哥呢？

原來，猴哥哥一直躲在水龍頭的後面；當他聽到客人要喝什麼，他就趕快倒什麼果汁在漏斗裡；當然嘍，漏斗是接著「神奇水龍頭」的。

給小朋友的貼心話

同樣的果汁，從「神奇水龍頭」出來，生意就不一樣了，這就是「創意」——一種驚喜和趣味的感覺。小朋友，請你動動腦去尋找創意，說不定你也會變成小小發明家呵！

神奇的鞋子

小強有一雙奇妙的鞋子，那是一個坐著「會飛的大盤子」（飛碟），從天上來的朋友送的。這雙藍色的舊鞋子，看起來實在不怎麼樣；但是，它卻是一雙「神奇的鞋子」。

神奇的鞋子

起初，小強也不知道。是因為有一次，他不小心掉到池塘裡，竟然安安穩穩地站在水面上。「啊！這真是太神奇了！」小強驚訝地說。

穿著神奇鞋子的小強，覺得走路輕飄飄的；跑步的時候，像是「騎著單車走下坡」；跳躍時也跳得特別高。

學校舉行運動會，小強得了「袋鼠跳」第一名、「滾大皮球」第一名，跑步比賽也是全班第一名。同學都說：「

羽球休閒樂園

小強怎麼那麼厲害？」

全年級的跑步比賽，小強又得第一，全校的比賽，還是第一。大家都稱讚說：「小強實在太厲害了！」

老師指派他參加下個月的「全縣運動大會」。小強心裡想：「我一定得第一的。」

星期六下午，大家都在學校操場練習，只有小強躺在樹下乘涼、睡午覺。別人說：「

快來練習吧！」他總是說：「不必了，我一定會得第一的。」

每個人都儘量利用時間練習，小強就是不肯，因為他有一雙「神奇的鞋子」，他相信沒有人能跑得過他。

比賽的日子終於到了。小強穿著一件黃色的運動衣和他的「神奇鞋子」，站在起跑線後面，老師和同學們都在旁邊替他加油、打氣！

「砰！」一聲，裁判手中的槍聲響起，比賽開始了，大家都拚命地往前衝，小強輕輕鬆鬆地跑在六個選手的最前面。

快到終點時，小強的腳忽然扭了一下，摔倒在地上，其他人都追過他了。

結果，小強落得最後一名。有個同學說：「小強雖然很會跑，但是平時不運動，腳最容易扭傷了。」

小強慚愧地說：「以後我要和大家一起練習了，明年再來比賽吧！」為了鼓勵他，大家都圍著小強大聲喊：「加油！加油！加油！」

小強心裡想：「絕不能依賴別人或神奇的力量，一定要好好訓練自己。」

給小朋友的貼心話

小強最後終於知道，一定要好好訓練自己，才會有好成績。

小朋友，幾乎所有的比賽，都要靠實力；而實力的培養，是來自「努力」。「台灣之光」王建民哥哥的成就，就是不斷努力而來的啊！

創意春聯和環保鞭炮

新年快到了，小貓「凱特」住的動物社區裡，最近特別熱鬧，街上到處都是賣青菜的、賣水果的、賣湯圓的、賣年糕的、賣花生的、賣瓜子的……

凱特看見這麼多買東西和賣東西的人，心裡想：「我也來賣點兒什麼東西好呢？」

他想到，過年時幾乎家家戶戶都會貼春

聯、放鞭炮。「有了，我就來賣春聯和鞭炮，生意應該會不錯。」

凱特很高興地去找他的好朋友猴大哥商量。猴大哥卻說：「到處都有人在賣春聯和鞭炮，沒有特色，誰會來買你的呢？」

凱特皺著眉頭說：「那怎麼辦？我要幫助『南亞災區』的捐款和『家扶中心』的認養費不就沒了？」

聰明的猴大哥想了想，說：「既然這樣的話，我們就來賣個『創意藝術春聯』和『環保鞭炮CD』，比較不一樣。」

凱特說：「聽起來好像很不錯，但是要怎麼做呢？」

月球休閒樂園

猴大哥說：「春聯的字我們可以自己寫，甚至畫上插圖，每一張都是世界上獨一無二的，這樣比較有創意。」

喜歡畫畫的凱特，邊聽邊微笑地點點頭。

「另外，一般的鞭炮都太吵了，而且危險又容易製造汙染。我們乾脆將鞭炮聲錄成CD，只要透過音響播出，就會像是真的在放鞭炮，還能重複使用，非常環保呢！」

凱特一聽完猴大哥的話，馬上拍起手來，大叫：「好耶！好耶！」並且說：「我覺得鞭炮聲還是太刺耳了，如果改成樂器的聲音，例如陶笛、直笛或排笛，一定會更好聽、更有意思。」

「好耶！好耶！」這回換成猴大哥拍手叫好了。

凱特和猴大哥馬上去準備紅紙和空白光碟片。凱特將紙裁成一張一張的，再用尾巴蘸墨汁寫上「春」或「福」，甚至畫上蝴蝶；他說，蝴蝶的「蝴」和福氣的「福」發音很接近，所以用蝴蝶代表「福氣」。

猴大哥比較熟悉電腦操作；他利用各種網站和設備，製

作成各種聲音的「環保鞭炮音樂CD」。

當他們將「創意藝術春聯」和「環保鞭炮音樂CD」拿到街上義賣時，果然吸引了很多人來看，大家都覺得很新鮮、很有創意，也很踴躍地向他們購買。

每個人都非常開心，凱特和猴大哥更是高興。凱特說：「今年將會是一個快樂的新年！」

給小朋友的貼心話

你寫過春聯嗎？你知道哪些吉祥話？你會不會寫比較有創意的春聯呢？

能不能用音樂聲代替鞭炮聲？你認為，用什麼樂器或音樂聲來取代鞭炮聲比較好？

黑熊兄弟的小吃店

拉拉山的山頂，最近多了一間小吃店，是黑熊兄弟開的。

從前天開幕到現在，都還沒有半個客人來。熊哥哥坐在門口的石頭上說：「奇怪？怎麼沒有客人？」

「是啊！記得爸爸說，最好隨時都有客人。」熊弟弟這麼說。

熊哥哥搔搔頭說：「有了！我們可以輪流當客人，上午你當客人，下午我當客人，這樣就『隨時都有客人』了。」

「嘿！真是好辦法。」兩個人都高興得拍起手來。

第二天早上，熊弟弟當客人。「我點一份烤鱒魚。」吃完後，他付了錢給熊哥哥。

到了下午，換熊哥哥當客人。「我要一份清蒸鱈魚。」吃完後，他也付了錢給熊弟弟。

就這樣過了好幾天，店裡的東西，全都被他們吃光了；可是，櫃子裡的錢，卻沒有增加。

熊哥哥說：「不對呀！我們不是每天都有客人嗎？」

「是啊，真奇怪。」

你知道這是什麼原因嗎？

給小朋友的貼心話

小吃店想要生意好，最好具備某些條件，像是：食物好吃、營養、衛生、便宜、有特色、服務態度佳等。如果你是小吃店老板，要怎麼吸引客人上門呢？

愛心玩具屋

小鎮上有一幢一百零七層的大樓最近開幕了。皮皮猴和胖胖豬，特別坐大象公車去看熱鬧。

「歡迎來到一

愛心玩具屋

〇七大樓……」一樓大廳不斷播放著「歡迎光臨」的話，顧客也一直從大門擠進來。

「好熱鬧呵！」

「是啊！」

皮皮猴和胖胖豬逛啊逛，逛到了一家「愛心玩具屋」。玩具屋裡的玩具擺得密密麻麻，有電動小汽車、遙控跑車、遙控飛機、各種模型、人形娃娃……好多好多，每一

種好像都很好玩。

不過有一點很奇怪，就是所有的玩具都沒有寫上價錢，只有寫著「3點」、「4點」之類的字樣。

「奇怪？怎麼都沒有寫上多少錢呢？」皮皮猴問胖胖豬。

「我也不知道，還是問老闆好了。」

老闆兔阿姨說：「我們店裡玩具都不用錢。」

「不用錢？」皮皮猴和胖胖豬睜大眼睛地叫了出來！

兔阿姨繼續說：「是的，我們叫做『愛心玩具屋』。只要你能說出你曾經付出的『愛心』、做過什麼好事，我們的愛心電腦就會幫你計算成『愛心點數』累積起來，可以交換各種玩具。」

皮皮猴說：「我想到了！有一次我坐公車時，曾經把座位讓給一個老婆婆。」

兔阿姨聽完後，馬上打開「愛心電腦」搜索查詢。

有了，液晶螢幕上出現皮皮猴讓座的畫面，並且出現五個點數。

「你可以挑一件五個點數的玩具。」兔阿姨對皮皮猴這樣說。

「太棒了！」皮皮猴高興地去挑玩具；他挑了一個「五超人戰隊」的組合模型。

胖胖豬羨慕地說：「好棒啊！」

「那麼，換你想想看，曾經做過什麼好事呢？」

胖胖豬搔搔頭說：「有一回我幫忙皮皮猴提水，不知道算不算好事？」

兔阿姨一邊查詢電腦，一邊說：「幫忙提水當然也是好事呀……有了，螢幕上有這個畫面，你也可以挑一個四個點數的玩具。」胖胖豬挑了一個「原子小叮噹」模型。

皮皮猴好奇地問兔阿姨：「為什麼我們所做的事，電腦裡都會有那個畫面呢？」

「那是因為天空就像一部『超大的高倍數錄影機』，在地球上所有發生的事情，都被它錄下來了；所以，誰做了什麼好事或壞事，都有資料可以查詢的。」

皮皮猴和胖胖豬高興地拿著玩具回家後，跟大夥兒介紹了這家有趣的「愛心玩具屋」。

大家都沒想到，幫助別人做一點兒小事，也會受到重視，

大家都說：「做好事真好！」

給小朋友的貼心話

小朋友，你曾經讓座嗎？你還知道哪些好事？你可以做什麼好事呢？

你聽過「好心有好報」這句話嗎？一個人只要「存好心、說好話、做好事」，自然會有「好運」啦！

愛漂亮的波波

黑貓波波非常愛漂亮，經常跑到池塘邊打扮自己。他看見水中的倒影，心裡就想：「像我這麼漂亮、這麼美麗，應該要站在台上，接受大家的歡呼和掌聲。」

機會終於來了。他在「貓咪活動中心」前，看到一張「美之貓」選美比賽的傳單，就趕快回家準備了。

波波用魚骨頭當作梳子，把全身的毛梳得非常整齊；用桂花代替香水，在身上塗了又塗；再摘一朵小紅花插在耳朵旁。

「嗯，這樣好看多了。」

波波發現他的鬍子有點兒亂，兩邊也不大整齊，便跑到「螃蟹理髮廳」要螃蟹先生幫他修一修，好讓自己看起來更漂亮。

螃蟹先生拿起他的大剪刀，「卡擦卡擦」地幫波波修鬍

子。「右邊太長了！」「左邊太長了！」波波不斷提醒螃蟹先生。「右邊又太長了！」「這次左邊太長了！」

就這樣左邊剪一點兒、右邊剪一點兒，波波的鬍子被剪得好短好短，幾乎快看不到了。

螃蟹先生說：「鬍

子這麼短，會不會影響你的行動？」

波波回答：「當然會稍微不方便，但是這樣看起來乾淨、清爽多了，而且還比較『特別』。」

選美比賽時，來了很多貓。比賽分成「外表」和「才華」兩個項目，在「外表」方面，波波得到很高的分數。他非常得意：「嘿！我就知道我的成績一定不差。」

「才華」的部分，是要比賽抓老鼠。波波想：「只要我動作快一點兒，得到冠軍一定沒有問題。」

可是，剪了鬍子的波波，就失去了探測距離和準確尋找目標的能力；因此，追起老鼠，不是撞到牆壁，就是撞到門板，抓了好久都抓不到。這個項目，他竟然得到「零分」！結果當然落選了。

在回家的路上，一隻大花貓安慰他說：「沒關係，等你鬍子長出來，下次還是有機會的。」

波波點點頭，並且準備加強「抓老鼠」的技術！

給小朋友的貼心話

「外表」和「才華」哪個比較重要呢？如何培養才華？你有什麼才華呢？

「失敗為成功之母」是什麼意思？當你失敗時，願不願意下次再繼續努力呢？

嘟嘟國的車子

有一個地方，叫做嘟嘟國。嘟嘟國裡有很多車子——公車、卡車、貨車、拖車、廂形車、轎車、還有機車，大家要出門或載東西，都覺得很方便。

但是，每次車子走過，就會排出臭臭的煙味，每個人都摀著

鼻子說：「好臭呵！好臭呵！」

臭臭的煙，不只是聞起來不舒服，對身體的健康也不好；嘟嘟國的國王，常常為了這件事情煩惱著。「哎！這樣下去，恐怕大家都要生病了。」

國王只好規定：「所有的汽車都不准發動。」

車子不能開，一些要上班、上學的人，只好走路到公司或學校；到達時，往往天都黑了。

國王又說：「大家也可以騎腳踏車啊！」

但是，一些老公公、老婆婆和小朋友，根本不會騎；如果讓別人載，又很危險。

載砂石、木頭和搬家的人可就累了；放上許多重物後的腳踏車，他們往往踩得滿身大汗，還是踩不動。

國王又說：「可以學古時候的人騎馬出門啊！以前的馬路，就是馬走的路呀！」

但是，哪裡有馬呢？除了動物園裡有幾匹馬，唯一還有馬的地方就是遊樂場；不過，那是電動馬，只能在原地搖搖搖而已。

這也不行，那也不行，要怎麼辦呢？

有一個賣玉蘭花的聰明小孩，就告訴國王：「如果能製造一種特別的東西，和車子的燃料接觸後，讓排出來的煙都變成一種香氣就好了。」

國王覺得很有道理，便邀請了很多化學、物理、生物和

製造汽車的各類專家來，共同研究製作這種「特別的東西」。

經過了一段時間後，終於成功了。

從此以後，嘟嘟國的每部車子排出來的，不但不再有臭臭的味道，而且對人體無害，還會散發各種花香的香氣呢！

給小朋友的貼心話

如何防範各種「煙害」、保護自己呢？你走在馬路時，會戴口罩嗎？

香煙會危害人體，也算是一種煙害。如何拒抽二手煙？怎麼樣才能幫助家人戒煙呢？

綠綠山的紅石頭

有一座山，叫做「綠綠山」。綠綠山上有綠綠的樹和綠綠的草，最特別的，還有很多綠綠的石頭。

綠綠山的動物們，用綠綠的石頭蓋房子，住在裡面，就像是住在一棵四方形的大樹裡，冬天溫暖，夏天很涼快。

小豬阿麗的家，一樣用綠綠的石頭做桌子、椅子、鍋子、

盤子；地板上，也像是鋪上了一層綠綠的地毯。豬媽媽還把綠石頭穿洞，做成項鍊和窗簾。

有一天，小豬阿麗到山下紅池塘旁的紅樹林裡，看見了很多紅石頭。

「哇！好漂亮的紅石頭！」她撿了一些放在袋子裡，準備帶回家去給媽媽看。

豬媽媽看了之後也說：「哇！好漂亮的紅石頭。」她們在客廳放幾顆，廚房放幾顆，房間放幾顆，廁所放幾顆，門口也放幾顆。

小豬阿麗的家，好像到處都開了一些紅色的花，變得非常漂亮。

阿麗心想：「如果用紅石頭蓋一間房屋，一定更漂亮。」因為怕別人也去撿，於是，她請牛伯伯用牛車，把山下所有的紅石頭全部載回來。

她很快地在門前空地上蓋了一間「紅房子」，又用紅石頭做桌子、椅子，連地板也是紅紅的小石頭。

「終於蓋好了！我應該請綠綠山的人，都來看看我的新房子。」阿麗這樣

想。

綠綠山的動物們，都收到一張寫著：「新居落成」的邀請卡；依照上面所寫的時間，大家都準時來參觀這間特別的「紅石頭房子」。

馬先生說：「哎喲！太紅了吧！」

兔阿姨說：「眼睛真不舒服！」

猴媽媽說：「看了好緊張呵！」

「眼睛好痛！快張不開了。」

「真是恐怖！」

「我的眼睛快受不了了！」

「快出去！快出去！」大家都走了。

熱鬧的屋子裡，一下子變得只剩下阿麗和媽媽了；她們本來只忙著招呼客人，這下才看清楚自己的紅房子。

媽媽說：「真的太紅了，眼睛不舒服。」

阿麗也說：「還是原來的房子好看。」

那天晚上，阿麗和媽媽把紅房子拆了，再把紅石頭分到每戶人家的門口或庭院。

第二天早上，綠綠山好像到處都開了紅色的花，大家看了都說：「哇！真漂亮。」

阿麗和媽媽聽了很高興。

給小朋友的貼心話

小朋友，所謂「萬綠叢中一點紅」，你知道是什麼意思嗎？你喜歡什麼顏色？你知道「類似色」或「對比色」嗎？畫圖其實也是一種線條或色彩的遊戲。請為本書的故事畫一些插圖吧！

聰明的兔爺爺

兔爺爺在屋子裡聽音樂。兔小弟從外面回來，一進門就說：「門口有很多小石頭，我的腳踩得好痛呵！」

兔小妹也說：「前幾天我也是踩到小石頭，還滑了一跤呢！小石頭真討厭。」

兔爺爺說：「我們應該把小石頭撿一撿。」

「可是，這麼多石頭，怎麼撿呢？」兔小弟問。

「是啊，這麼辛苦的工作誰來做呢？」兔小妹也這樣說。

兔爺爺彎下腰，從椅子下拿出一個綠色的塑膠桶，說：「就用這個。」

「爺爺，難道那是『魔桶』，會把石頭吸進去嗎？」

「當然不是，明天你們就知道了。」

第二天，兔爺爺在門口張貼海報，上面寫著：「丟石頭遊戲——每丟中十次，送一根紅蘿蔔，歡迎參加。」很多人看了之後都來報名。

丟石頭遊戲，
每丟中十次，
送一根紅蘿蔔，
歡迎參加。

月球休閒樂園

兔爺爺拿出了綠色塑膠桶，放在門前靠近山谷的地方，告訴大家，目標是那個塑膠桶，只要把石頭丟進桶子就可以。

聽了兔爺爺的話，大家便開始撿石頭丟。丟呀、丟呀，每個人都丟得很高興，兔小弟和兔小妹也覺得很好玩。

沒多久，門前的小石頭全部都被撿光了，大家都玩得忘了丟中幾次。兔爺爺說：「大家都很辛苦，還是一人送一根紅蘿蔔吧！」

「耶！」每個人都高興得跳了起來。

給小朋友的貼心話

撿石頭是「工作」還是「遊戲」呢？你有什麼興趣？你喜歡什麼遊戲？遊戲或興趣能當成長大後的工作嗎？如果把「工作」當「遊戲」來做，會不會比較快樂呢？

蠟燭小虹

小虹是一根「長」得瘦瘦小小的紅蠟燭，她住在這個土黃色的木頭櫃子裡已經很久了，這間屋子的主人平常都不大注意她。

每當到了晚上，她總

是會抬頭看看住在天花板上的日光燈叔叔、對面書桌上的檯燈大哥、和窗外的路燈伯伯。

小虹很羨慕他們，能把暗暗的地方照亮。她心裡想：「真希望我也有機會把黑暗的房間照亮；像這樣整天躺著，骨頭都快硬了。」

有一天，小虹被小主人從木頭櫃子上拿下來。「我就說嘛，怎麼可能一直把我放在這邊呢！」她心裡暗自高興。

小虹被拿到小主人的裙子

拉鍊上，來回摩擦了幾下，又放回櫃子裡。她聽見小主人對女主人說：「媽，用蠟燭摩擦後，拉鍊真的好拉多了。」

小虹覺得，雖然很高興能幫小主人解決問題，但是，她還是沒有發揮她的「專長」啊！

又過了一段時間，小虹依然整天沒事做，日光燈叔叔、檯燈大哥都笑她是「沒用的人」，令她的心裡好難過。

有一天晚上，據說「可怕的颱風姊姊」要來。小虹聽見門外的風「呼呼呼」地怒吼著，樹伯伯的脖子被吹得扭來扭去，門窗也怕得一直發抖。日光燈叔叔、檯燈大哥和路燈伯伯，更是被「嚇」得臉都「黑」了，一點兒光芒都發不出來。

蠟燭小虹

小虹的主人們，本來正要吃晚飯，這下吃不成了。

「停電了！」小主人的聲音。

「快找蠟燭！」男主人的聲音。

「在櫃子那邊。」女主人的聲音。

小虹被主人點亮後，放在飯桌上，屋子裡顯得溫暖多了。

小主人說：「幸好還有這根蠟燭。」

「是啊！不然，看不到東西，飯菜會吃進鼻孔呢！」

「哈哈哈！」

小虹看見主人們一起圍著她吃晚飯，感到很開心。她想起了小時候，媽媽時常鼓勵她的一句話：「燃燒自己，照亮別人。」現在終於實現了，她高興得一直「流淚」呢！

給小朋友的貼心話

你曾經用蠟燭摩擦拉鍊，讓拉鍊更順暢嗎？蠟燭還可以用來做什麼？有些日用品，除了原來的作用外，其實還有很多別的用途；你知道哪些呢？

「燃燒自己，照亮別人」是什麼意思？怎麼樣才能讓自己「發光、發熱」呢？

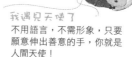

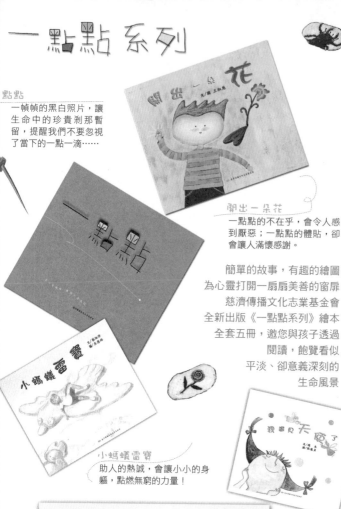

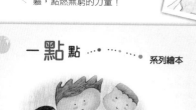

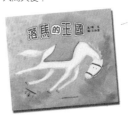

國家圖書館出版品預行編目資料

月球休閒樂園／王金選作. -- 初版. -- 臺北市
：慈濟傳播文化志業基金會, 2007[民96]
面； 公分

ISBN 978-986-82571-9-1（平裝）

859.6　　　96002979

故事HOME

月球休閒樂園

創辦者／釋證嚴
發行者／王端正
作　者／王金選
插畫繪者／王金選
策　劃／周慧珠
出版者／慈濟傳播人文志業基金會
11259臺北市北投區立德路2號
客服專線／02-28989898
傳真專線／02-28989993
郵政劃撥／19924552　經典雜誌
責任編輯／賴志銘、高琦懿
美術設計／美姬平面設計工作室
印製者／禹利電子分色有限公司
經銷商／聯合發行股份有限公司
新北市新店區寶橋路235巷6弄6號2樓
電　話／02-29178022
傳　真／02-29156275
出版日／2007年2月初版1刷
2013年12月初版8刷
建議售價／200元